画给孩子的自然通识课

动物巢穴，舒适又巧妙

U0314707

童心　编绘

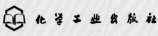

化学工业出版社

·北京·

图书在版编目（CIP）数据

动物巢穴，舒适又巧妙 / 童心编绘 . —北京：化学工业出版社，2024.7
（画给孩子的自然通识课）
ISBN 978-7-122-45583-3

I . ①动… II . ①童… III . ①儿童故事 - 图画故事 - 中国 - 当代 IV . ①I287.8

中国国家版本馆 CIP 数据核字（2024）第 090206 号

DONGWU CHAOXUE，SHUSHI YOU QIAOMIAO

动物巢穴，舒适又巧妙

责任编辑：隋权玲　　　　　　　　　　装帧设计：宁静静

责任校对：李露洁

出版发行：化学工业出版社（北京市东城区青年湖南街 13 号　邮政编码 100011）
印　　装：北京宝隆世纪印刷有限公司
880mm×1230mm　1/24　印张2　字数20千字　2024年7月北京第1版第1次印刷

购书咨询：010-64518888　　　　　　售后服务：010-64518899
网　　址：http://www.cip.com.cn
凡购买本书，如有缺损质量问题，本社销售中心负责调换。

定　　价：16.80 元

目　录

穿山甲洞穴的深浅会随季节而
化，夏季它们住浅洞，冬季则住深洞。

掘洞而居

爱挖洞的蟹

招潮蟹喜欢挖洞，它们有自己专属的洞穴，但是出于安全考虑，招潮蟹会定期更换洞穴。招潮蟹的洞穴深可达30厘米左右，挖掘时，它们会确保洞底抵达潮湿的沙土处，这样的环境有利于保持洞穴内的湿度，更适合招潮蟹生活。

如果要评选"掘洞能手"，穿山甲一定榜上有名。它掘洞的能力十分惊人，一天便可掘出一条深达5米、长达10米的隧道。穿山甲的洞穴一般都是盲洞，只有一个洞口。挖洞的时候，穿山甲会用粗大的尾巴钉住地面，用尖利的前爪挖土往身后堆，再用后爪将土刨出洞外。穿山甲身上的鳞片不但能在遇到危险时保护自己，还能在掘洞的时候将洞壁刮得平整光滑。

地下筑巢

熊蜂喜欢在地下挖洞筑巢。它们会在松软的土地上用自己的下颌挖一个5~8厘米深的洞作为蜂巢，熊蜂家族就在这里繁衍。

共享地道和食物

黑尾土拨鼠的洞穴入口处有一圈堆高夯实的泥土，能防止雨水倒灌。另外，它的洞穴可以根据地形划分为很多个区域，宛如一个"城镇"。

编织的巢穴

每年春天，缝叶莺开始寻找伴侣，准备繁殖后代。一旦找到心仪的对象，确立关系之后，它们就会开始为繁殖做准备。它们首先选择一片大叶子和几片小叶子充当"布料"，用植物纤维和昆虫丝做"线绳"，然后用尖长的嘴在叶子的边缘打上一排圆孔，再用植物纤维和动物丝将叶子卷曲缝合在一起，形成兜状。为了不让巢松脱，它们甚至会在线头上打结。最后在巢里面垫上一些细软的绒毛或植物纤维。这样，一个巢就建好了。

吊篮

黄鹂生活在阔叶林中，它们用树皮、麻类纤维、草茎等在水平枝杈间筑巢，形状很像一个吊篮。小黄鹂将在这个巢里度过美好的幼年时光。

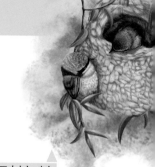

不断添材加料

攀雀一般把巢建在近水的苇丛中或杨、柳、桦等树木的树冠中。攀雀从别的地方搜集来了大量的羊毛、柳絮和花絮，用脚踩住这些材料，用嘴将其扯成纤维，然后反复地缠绕在树枝上，固定住整个巢，之后它们还会不断地搜集材料，来增加巢的重量，以防止巢被风吹得乱晃。

编织高手

织布鸟是动物界的建筑大师，它们编织巢的过程很容易使人联想到编织笼子和筐的过程。雄鸟先是用细长的草茎和叶子在树枝上织一个圈，接下来不断地加料、编织，直到编成一个空心球，最后再编织一个出入口就完成了。

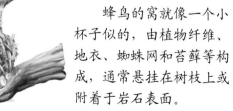

小杯子

蜂鸟的窝就像一个小杯子似的，由植物纤维、地衣、蜘蛛网和苔藓等构成，通常悬挂在树枝上或附着于岩石表面。

为稳固巢穴并防止因叶柄枯老导致的断裂，缝莺会用草茎等植物纤维或昆虫丝将叶柄加固在树枝。它们还会把巢倾斜一定角度，以防止巢内灌进雨水。

会盖房子的动物

聪明者的房子

松鼠的窝通常搭在树枝分叉的地方。它们搭窝的时候，会先搬些小木片，错杂着放在一起，再用一些干苔藓编扎起来；然后把苔藓挤紧、踏平，使窝既宽敞又结实。窝的上方会有一个圆锥形的盖，把整个窝遮蔽起来，这样下雨时可以使雨水向四周流去，不会流进窝里。

对于河狸来说，想拥有一座临水的大房子并不困难，它们完全可以在河岸边建造一处美丽的"私人社区"。河狸的巢穴多建于河岸边，是真正的"临水别墅"。它们筑巢时会先在陡峭的河岸上挖一条斜着向上走的隧道，当隧道高于水平面的时候，就可以拓宽修建巢穴了。河狸耐力持久，挖土的工作效率很高，它们先用前爪把土刨松，然后用长着蹼的后爪将土一点点推出洞外。河狸的巢穴分为上下两层，空间利用得十分合理。高于水平面的上层温暖干燥，被用作"起居室"；下层阴凉潮湿，正好可以当作"仓库"储存食物。

不得已筑巢

胡蜂又被称作纸巢黄蜂。它们虽然不像蜜蜂那样频繁地筑巢，但一旦蜂后决定繁衍后代，就会精心建筑巢穴。蜂后会收集一些合适的木浆建造房屋，一般一个蜂巢大约会有 100 个差不多大小的房间。

海底花园的建设者

珊瑚虫有很多种类，是"海底花园"的建设者之一。我们平时看到的珊瑚，是由珊瑚虫分泌的钙质骨骼堆积而成的。珊瑚虫的子孙们会在它们祖先的骨骼上生息繁衍。

高楼大厦

白蚁的蚁冢绝对是一大奇观。非洲和澳大利亚的大白蚁冢由白蚁的唾液、粪便和土壤混合物砌成，高度可达 9 米。这些蚁冢坚固又耐用，可供数百万只白蚁栖息。

河狸找到了一根树枝，它用锋利的牙齿将树皮一点一点剥下来吃掉，剩下光滑的树枝则被用来筑巢或者垒堤坝。

不劳而获的动物

寄居蟹常常被人称作"白住房"或者"干住屋"，这是非常形象生动的比喻。

寄居蟹长大后，需要寻找一个适合自己的壳作为保护，因此它会寻找海螺等软体动物的空壳。一旦找到，它会钻进去，用尾节钩住螺壳的顶端，并用几条步足撑住螺壳内壁。它的长足伸到壳外爬行，并用大螯守住壳口。随着蟹体逐渐长大，寄居蟹会寻找新的壳体。寄居蟹食性很杂，从藻类、食物残渣到腐肉几乎无所不食，因此它们也被称为"海边的清道夫"。

聪明的二带双锯鱼

海葵以小鱼为食，但是二带双锯鱼却在海葵丛中生存了下来，并寄居在海葵的体腔内。原来海葵在释放毒液捕杀猎物的时候，会先分泌一层黏液保护膜覆盖在自己的身体上。聪明的二带双锯鱼在海葵捕猎时靠近它们获取保护膜，反复几次之后，二带双锯鱼就可以对毒液终身免疫了。

残忍的寄居

隐鱼的寄居比较残忍。它们会生活在海参的肠里并随意进出，甚至还会将海参的内脏或生殖腺吃掉。

共用一体

在某些鱼类中，雄性鱼会演化成非常小的个体，并附着在雌鱼身上，这种现象被称为性寄生，例如鮟鱇雌雄大小相差悬殊，因此雄鱼得以寄生在雌鱼的身上，依赖雌鱼供给营养。

瞒天过海

杜鹃鸟俗称布谷鸟，多居住在热带和温带地区的树林中。大约有三分之一的杜鹃鸟会选择"巢寄生"的方式来哺育幼鸟，大杜鹃鸟就是其中的典型。它可以将卵寄生在125种其他鸟类的巢中，让毫不知情的代孵者替自己精心孵化、养育孩子。

这只寄居蟹找到了一只空的海螺壳，并
进了漂亮的海螺壳"新家"。虽然这个新
足够坚固安全，但是它还是时刻保持警觉，
有一点动静就会马上缩回壳里。

树洞里的家

森林中，很多高大树木的树干上会出现大小不一的树洞，这些树洞里面很可能有动物居住。林鸳鸯是喜欢在树洞中筑巢的动物之一。每到繁殖期，林鸳鸯会在森林中寻找距离地面几米到十几米高的树洞筑巢，这些洞穴有的是树木腐烂形成的，有的是其他动物挖掘的。林鸳鸯在树洞里产蛋并孵化，等雏鸟孵化后，林鸳鸯便带着雏鸟飞到树下的草地上生活。

"臭姑姑"戴胜

树洞是戴胜筑巢的最佳地点。戴胜孵化期间，尾部的腺体会分泌出棕色的油状液体，把巢弄得臭烘烘的，所以人们又叫它们"臭姑姑"。

树洞之家

松貂是一种小型动物，生活在多草木的地区。松貂在灌木丛或树洞中筑巢，繁殖后代。

树栖猴子

倭狐猴是一种小型树栖猴，居住在树洞中，白天躲在树洞中休息，晚上外出觅食。

凿洞高手

在繁殖期，一只雄性大斑啄木鸟和一只雌性大斑啄木鸟结成伴侣，共同啄凿树洞。之后，它们在洞中孵化并养育幼鸟。

由于枯树被大量砍伐，林鸳鸯可用于筑巢的树洞数量减少。目前，大量林鸳鸯在人工鸟巢中居住。

沙滩上的居民

沙滩对很多小型海洋动物非常重要，这里是它们栖息的家。潮水退去后，大滨鹬成群出现在沙滩上，捕食甲壳类、软体动物、螃蟹和昆虫等。大滨鹬在靠近水域的地表浅坑或草丛中筑巢。在沙滩的沙层下面还住着很多可爱的小动物，如文蛤、沙钱和鲎（hòu）等。另外，招潮蟹和弹涂鱼也生活在沙滩上，它们在沙滩上建造洞穴，当潮水涌上来时，它们藏在洞穴底部，等潮水退了，它们便小心翼翼地钻出来觅食。

随波逐流

文蛤具有随水质变动和由中潮区向低潮区移动的习性，俗称"跑流"。这是它们为了适应环境进化出的一种生存策略。

见机行事

沙钱是硬币状的海胆，它们的表皮上布满了密密麻麻的短刺。沙钱用下部的刺斜着向前挖洞。一般情况下，沙钱一部分身体露在外面，以方便捕食，当危险来临时，它才会完全隐没在沙中。

◀ **资源丰厚的穴**

弹涂鱼在布满烂泥的低潮区建造"Y"字形洞穴，并且里面有水，这样可以防止它们的身体因暴露在空气中而变干燥。弹涂鱼的卵的孵化也是在洞穴中完成的。

因地制宜

鲎因外形长得像马蹄又被称为"马蹄蟹"。鲎通常栖息于水深 20~60 米的沙质底浅海区，藏身在浅穴中，只露出剑尾。

大滨鹬的腿修长，这使它们非常适合在沙滩和浅水区行走，尖长的喙则是它们捕捉猎物的武器。

11

河岸旁安家

傍水而居

水鼩鼱（qú jīng）的外形像老鼠，但身体比老鼠小，嘴部也更尖长。水鼩鼱在河岸边的草丛中挖洞居住。

温暖的巢

温暖的春季，野鸭准备产蛋。它们在河流旁的草丛中、岩石下或低洼处建造巢穴，建巢的材料主要是自身脱落的羽毛和植物的茎叶。

陆地上分布着大大小小的河流，河流两岸通常生长着丰富的植物，便于动物们觅食和藏身。因此，很多动物来到河流两岸安家。

水獭主要以鱼为食，所以它们喜欢居住在河流两岸。水獭在河流两岸的巨石下、大树下、草丛中或灌木丛中挖掘洞穴居住，它们的洞穴不是很深，但有好几条通道，通向不同方向，有助于躲避捕食者攻击。在众多通道中，有一条通道直接通到河里，使水陆相通，便于捕食。

优越的身体条件

苍鹭是在河流旁生活的鸟类之一。它们的喙、脖子和腿非常细长，这使得它们能够在浅水区域行走和觅食。它们在河流中觅食鱼虾，然后在靠近河流的树上建造巢穴。

选择优越的地理位置

翠鸟把巢建在河流堤岸的洞穴里，这是非常明智的，不仅能够防止被捕食者袭击，安全养育雏鸟，还很方便捕食。

水獭也被称为"鱼猫子"。它们白天躲在洞穴中休息，等到晚上才出来捕食。水獭的食物主要是鱼类，有时也捕食鸟类、蛙类和小型哺乳动物。

使用泥巴

漂亮的泥房子

黄柄壁泥蜂用小泥粒搭建漂亮的泥巢。它们用颚和前肢把湿润的泥巴搓成小泥粒，然后再运到筑巢的地方。

安全措施

当雌犀鸟在树洞中孵蛋的时候，雄犀鸟会用泥巴把洞口封起来，只留出一条狭窄的缝，这是为了保护雌犀鸟和幼鸟的安全。

棕灶鸟是生活在南美洲的一种奇特的鸟，它们也是动物世界中极擅长用泥巴建巢的动物之一。棕灶鸟主要在8月到12月繁殖交配，交配成功的棕灶鸟将开始筑巢。棕灶鸟选择这个时候建巢是因为这时正是南美洲的雨季，满地都是能用来建巢的泥巴。雌棕灶鸟和雄棕灶鸟一起筑巢，它们先搭一个杯状的基座，然后不断加高、加固。这个巢对棕灶鸟来说太重要了，不仅能保护它们不受风吹雨打，还能在炎炎夏日避暑，最重要的是用来孵化雏鸟。

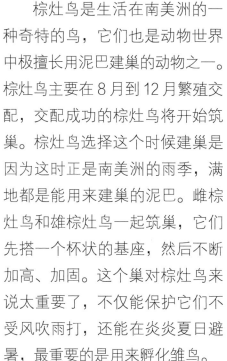

屋檐下的巢

燕子一般选择在隐蔽的屋檐下筑巢。春天，天气变暖，燕子从南方飞回北方繁殖。繁殖之前，燕子首先要搭建新巢或修葺旧巢，它们用的原材料主要是泥巴和唾液。

泥巢

数以千计的火烈鸟群居在一起，它们用喙把湿泥块和泥巴堆起来，形成一个个锥状的土墩，然后它们再用身体从土堆顶部压下去，使土堆顶部形成一个浅坑，就这样，一个巢就建成了。

棕灶鸟喜欢把巢建在树杈上或电线杆上。它们因巢的形状很容易让人联想到老式的黏土灶而得名。

15

地下的巢穴

地下生活

星鼻鼹鼠长着又大又粗的前爪，它们在浅层地下挖掘错综复杂的隧道网络，这里就是它们藏身和生活的地方。星鼻鼹鼠每天在隧道中穿行，寻找美味的蚯蚓和蠕虫。

挖掘一个洞穴直通地下，用厚厚的土地做保护，可以让自己更加安全，这是很多动物选择在地下筑巢或栖息的原因之一。

獾是一种居住在地下的动物，它们的洞穴是用粗壮有力的前爪挖掘而成的。它们通常选择从堤坝或树根处开始，先用自己强壮的前爪把土挖下来，然后再把土推到身后。獾在挖掘新洞穴的同时，还经常清理和扩大旧的洞穴，或者把新的洞穴和旧的洞穴连接起来，这样它们的洞穴系统会变得很大。

分工明确

裸鼢（fén）鼠是一种高度社会化的动物。一个裸鼢鼠家族由一只负责繁殖的雌性、几只负责交配的雄性和几百只"工人"鼠组成。这些"工人"鼠负责打洞、寻找食物和维护洞穴。

住地下的猫头鹰

穴鸮（xiāo）是一种在地下洞穴中生活的小型猫头鹰。它们主要栖息于热带稀树草原、沙漠、草场和园林等地带，利用现成的洞穴或在地面下挖掘自己的巢穴。

辛苦挖洞

蜣螂是非常有趣的昆虫，它们把动物的粪便滚成一个个小粪球，然后运送到地下储存起来，作为食物来源。

獾有冬眠的习性，一般每年的 11 月
它们开始冬眠，翌年的 3 月它们离开洞穴。
在冬眠的这段时间里，洞穴不仅能抵御严
寒，还能保护它们不被捕食者伤害。

17

特殊的家

背上的房子

蜗牛是我们熟悉的软体动物之一，它们背着螺旋状的壳，当感觉到有危险的时候，它们会将柔软的身体缩进壳内。

石头上打洞

穿石贝和其他贝类一样，身体被双壳包裹。它们通过壳的摇摆和摩擦在岩石上开凿出了一个环形的洞穴，这就是它们的家。

有一些动物天生较为脆弱，它们不具有强烈的攻击性或有效的自卫能力，所以它们必须进化出一些特殊的结构、行为或营造出更安全的环境来保证自己的安全。

石蛾偏爱干净的池塘和溪流。繁殖的时候，石蛾妈妈摇摇摆摆地从水面上飞过，与此同时，它把卵产在水面或水生植物上。

几天后，石蛾的卵孵化出来了，我们称它们为石蚕。石蚕慢慢地沉入水底，它们要在水下度过很长一段时间。石蚕是非常聪明的建筑师，它收集植物碎片、贝壳以及沙粒，然后用身体分泌的黏液把这些东西粘在一起，建造一个圆筒状的巢。

坚硬的房子

海螺主要生活在海洋的浅水区。海螺把柔软的身体藏进坚硬的壳中。

能移动的房子

东部箱龟是一种生活在北美洲东南部的龟。它们喜欢生活在潮湿的沼泽地带。当受到威胁的时候，东部箱龟会钻进甲壳中，坚硬的甲壳可以保护它们不受伤害。

水中有很多捕食者，而石蚕又是它们的主要食物来源，所以石蚕需要藏在"小房子"里躲避捕食者。

共同的家

珊瑚礁是地球上最美丽、最复杂的动物栖息地之一。它们由一些非常小的生物——珊瑚虫组成。

成千上万的鱼和众多的无脊椎动物选择在珊瑚礁中生活，因为这里有藏身的地方，还有丰富的食物，是它们共同的家。

隆头鱼是居住在珊瑚礁中的鱼类之一，以胸鳍游水，姿势十分奇特。它们在珊瑚礁中穿梭，捡食其他鱼类身上的寄生虫和老化组织。

会变色的海兔

海兔是海洋中的一类小型软体动物，它吃哪种颜色的藻类，身体就会变成和这类藻一样的颜色，从而不会轻易被猎食者发现。

厚皮的炮弹鱼

炮弹鱼的身体有一层极不一般的厚皮，它们的厚皮包裹着一些活动的骨块，遇到危险的时候，炮弹鱼会钻进岩石缝或珊瑚枝杈之间，把自己牢牢地卡住，很难被拽出来。

色彩艳丽的鱼

鹦嘴鱼是生活在珊瑚礁中的热带鱼类，因其色彩艳丽，嘴型酷似鹦鹉的喙而得名。鹦嘴鱼用喙状嘴从珊瑚礁上刮食藻类和珊瑚的软质部分。

灵活的牛角箱鲀

牛角箱鲀的家一般都在热带海域的珊瑚礁上。虽然牛角箱鲀不是游泳健将，但是它们能在珊瑚礁的缝隙中灵活地钻进钻出，大大方便了觅食。

隆头鱼有 600 多种，遍布在热带亚热带海洋里。隆头鱼喜欢白天活，黎明之后就会变得十分活跃。

宝宝的房间

精致的儿童房

狗鲨在浅水区的海草里产卵。然后，狗鲨会用各种形状的角质鞘把卵包裹起来。每一个角质鞘的四个角上各有一根卷须，能把角质鞘固定在水草上。

动物们也是非常慈爱的，一些会抚养孩子，一些尽管不会亲自抚养孩子长大，但繁殖的时候也一定会给孩子营造出最好的环境。

箭毒蛙生活在南美洲的热带雨林中。它们有一套极为特别的育儿方法：在繁殖期，箭毒蛙交配和产卵通常在凤梨科植物旁进行，这是因为凤梨科植物的叶子是轮生的，能形成杯子一样的结构，里面会积水形成"小池塘"，为箭毒蛙蝌蚪的发育提供了场所。雌箭毒蛙先把卵产在凤梨科植物附近的水坑中。卵一旦孵化成小蝌蚪，雌箭毒蛙就会把小蝌蚪一个一个地背到独立的"小池塘"中，并产下未受精的卵给它们吃。

泡沫小屋

到了繁殖期，雌蛙和雄蛙聚集在一起，等雌蛙把卵产在叶片上后，雄蛙会安置这些卵受精，用后腿将雌蛙产卵时排出的黏液搅拌成泡沫，连同枝叶粘合成一个小窝，把受精卵包在里面。

被包裹的宝宝

雌螳螂把卵产在树枝上，然后它还要进行一项工作——排出一些类似泡沫一样的东西覆盖在卵上，形成保护层。

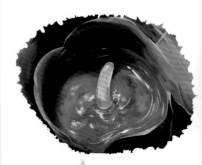

制作保护套

切叶蜂会为自己的卵制作保护套。切叶蜂用颚切下一块绿叶，封闭叶片的一端，然后把采来的蜂蜜和花粉放入其中混合成蜂粮。接下来，切叶蜂把卵产在保护套里，最后封上叶片的另一端。这就是切叶蜂宝宝的房间。

凤梨科植物坚硬的叶片能够形成盛装约8升
的"小池塘"，这种特殊结构不仅为箭毒蛙提
了繁殖场所，还吸引其他昆虫来这里产卵。然
，这些卵通常不会发育成成虫，而是成了箭毒
蝌蚪的食物来源之一。

北极动物的家

喜欢群居的麝牛

麝牛是生活在北极苔原地区的最大的食草动物。它们喜欢成群活动，主要以草和灌木的枝条为食。

简单的家

雪兔把巢穴建在灌丛、凹地和倒木下的简单洞穴中，里面铺垫有枯枝落叶和自己脱落的毛。它们白天隐藏在洞穴中，清晨、黄昏及夜里出来活动。

地球的最北端有一片冰封的海洋——北冰洋。北冰洋的周围分布着岛屿、陆地海岸和苔原。尽管气候寒冷，植被稀少单调，但北极仍然有一些动物顽强地生活着。北极熊是北极动物中的代表，它们的身上长着厚厚的皮毛，以抵挡严寒。北极熊经常在冰层上活动，伺机捕获浮出水面的海豹，有时还会进入到冰冷的海水中捕食。当冬季到来的时候，北极熊在雪层中或冰层缝隙中找到或形成洞穴居住，靠身体中厚厚的脂肪度过漫长的冬天。

简陋的巢穴

北极黄金鸻（héng）的巢穴非常简单，一般建在沼泽附近沙土的低凹处，极其简陋，其中仅有少量地衣类杂草。北极黄金鸻护巢行为非常明显，常常给予入侵者猛烈的还击。

冰冷的生活

独角鲸生活在北极水域，游动速度极快，神出鬼没，被称作海洋独角兽。独角鲸是一种喜欢群居的鲸类，它们在北极冰盖下集体活动，捕食各种鱼类。

北极熊在厚厚的雪层里建造了温暖的洞穴。冬去春来时，北极熊妈妈产下了1～2只小宝宝，它们会和妈妈一起在洞穴里生活一段时间。

25

石头下面

在野外玩耍的时候，轻轻地翻开地上的一块石头，你会发现什么？

石龙子这种小型的爬行动物，它们有时喜欢在草丛中隐匿，有时喜欢钻进地下土穴中，有时候索性就在石头下面藏身。当你翻开石头的时候，它会迅速逃跑，藏进草丛中。其他的一些爬虫，比如鼠妇、蜈蚣和盲蛇，因为喜欢阴暗潮湿的环境，所以也喜欢在石头下面栖身。

守株待兔

蜈蚣是隐藏在石头下面的捕食者。蜈蚣躲在石头下面不仅是为了休息，还有可能是正准备伏击猎物。

小型蛇

盲蛇是世界上最常见的小型蛇之一，它的外表看上去非常像蚯蚓。它经常在腐木、石头下、落叶堆里和岩缝等阴暗潮湿的地方藏身。

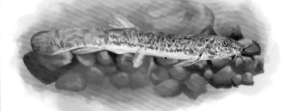

躲避天敌

泥鳅是河流中最常见的鱼类之一，它们也是栖息在河流旁的水鸟的主要食物。为了躲避天敌，泥鳅常常藏身在石头下面。

石头下的"公寓"

鼠妇又叫西瓜虫或潮虫，它们喜欢住在石头下的"公寓"里。因为鼠妇用腮进行呼吸，所以需要潮湿的生活环境。

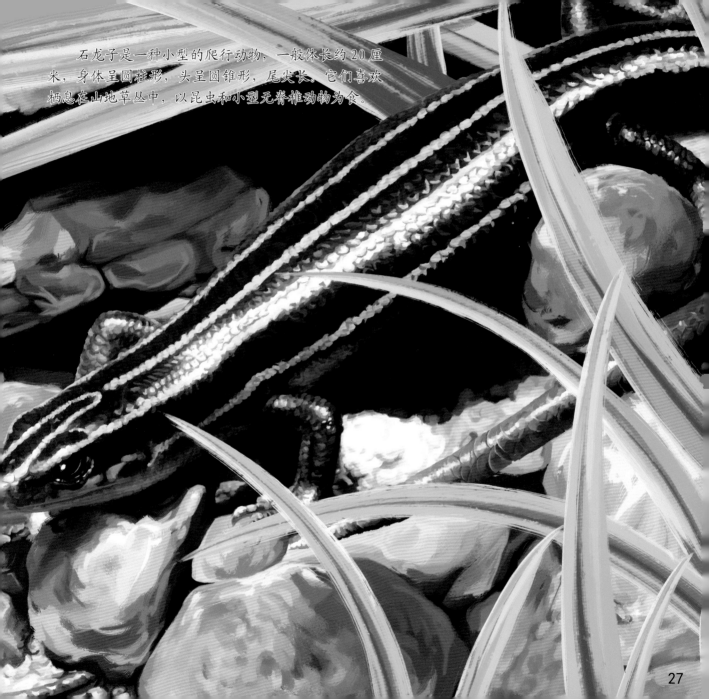

石龙子是一种小型的爬行动物，一般体长约 20 厘米，身体呈圆柱形，头呈圆锥形，尾尖长。它们喜欢栖息在山地草丛中，以昆虫和小型无脊椎动物为食。

利用人类的建筑

安全的巢穴

麻雀在很早以前就闯进了人类的生活，它们的食物大部分是人类的粮食，而建造巢穴的地点也大多依赖人类建筑，比如屋顶的砖瓦缝隙中、墙缝中、房屋的通气孔道里等。

目前，人类的活动范围已经相当之大，其他动物的栖息地正一点点地减少。但是，一些动物和人类的生活巧妙相融，不仅能从人类的生活中获取所需的食物，还能利用人类的建筑，为自己建造适合居住的巢穴。时间一长，这些聪明的动物反倒很好地适应了这样的生活，看上去还很惬意。

受保护的鸟

楼燕又叫北京雨燕，它把巢建在古建筑物的横梁下面。因为楼燕是益鸟，能够消灭城市中的大量蚊虫，并因其生态和文化价值，人类会有意识地保护它们。

打洞能手

老鼠被丰富的食物吸引而闯入人类的生活。它们不仅在城市的地下挖掘洞穴居住，还经常利用人类建筑的内部空间，如墙壁、阁楼等作为栖息地，或者干脆直接住进下水道里。

受优待的邻居

鸽子是人类的邻居和伙伴，它们可以在人类的仓房中搭建巢穴，相比其他动物，鸽子确实很受人类优待。

撒网捕食

蜘蛛在树丛里或墙角铺开一张大网，捕食蚊蝇等昆虫。人类的生活垃圾为蚊蝇等昆虫提供了滋生环境，所以蜘蛛的食物来源也就变得十分丰富。

乌鸦在人类的生活区中活动，在垃圾堆中翻找能吃的东西。它们一般把巢建在楼宇的顶部、电线杆或街道两侧的树上。

29

保护巢穴

当动物们孵化宝宝的时候，保护巢穴的安全变得至关重要。

欧绒鸭是分布在环北极地区的一种大型海鸭，每年盛夏季节，北极地区的岛屿四周被水环绕，此时，欧绒鸭便开始在岛屿上筑巢繁殖。雌鸭用大量树枝、草叶及海藻筑巢，然后再用绒毛作铺衬。接下来，欧绒鸭妈妈就会在巢中产卵并小心孵化。在孵蛋期间，欧绒鸭妈妈几乎不会离开巢穴，但如果有必要短暂离开，它会把一部分绒毛铺盖在蛋上，这样既能给蛋保温又能把蛋很好地藏起来。

废物利用

石巢蜂在废弃的蜗牛壳中筑巢。它用泥土、唾液等物质将蜗牛壳内部和入口处加固，并产下椭圆形的卵，再把沙砾、嚼碎的树叶和唾液混合在一起将壳口封住。最后，它会用杂草叶把蜗牛壳整个盖住。

臭烘烘的巢

戴胜孵蛋的时候，尾部一个特殊的腺会分泌出黑色带有臭味的油状物质，加上戴胜不清理巢中的粪便，使巢变得臭烘烘的，然而这种看似不卫生的行为却保护了巢穴的安全。

专心守护

眼镜王蛇是一种会孵卵的蛇。眼镜王蛇产卵后会用身体或树叶等物覆盖卵，以保护它们，但并不像其他动物那样筑造复杂的巢穴。

浮巢

凤头䴙䴘 (pì tī) 有和欧绒鸭差不多的行为。凤头䴙䴘妈妈出去觅食的时候，用海草把蛋盖住，从远处看巢就变成了一个杂草堆。

孵蛋期间，欧绒鸭妈妈几乎不会离开巢穴。
小绒鸭出生了，绒鸭妈妈会让宝宝们寸步不离
跟着自己，一边戏水，一边在水中觅食。

万能的工具

好用的爪子

食蚁兽、土豚和鼹鼠都是长着巨大坚硬爪子的动物，它们用爪挖掘洞穴和捕食。

在生活中，我们人类能用双手来完成许多想要达成的事情。喙是鸟类生活中重要的工具，它能用来捕食、自卫以并帮助一些鸟类收集筑巢材料。其他动物也拥有非常实用的工具，比如啮齿类动物的牙齿可以打洞筑巢，还有一些动物拥有又粗又大的爪，能够用于挖掘。动物们能够将自身的优势发挥到极致，灵活自如地使用自己的工具。

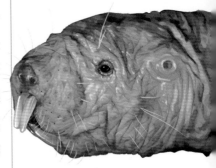

用门齿凿洞

裸鼹鼠的门齿像凿子一样坚硬，它们整个家族在地下居住的巢穴就是用门齿开凿出来的。尽管在挖凿的过程中，门齿会不断磨损，但它同样会不断生长。

巨大的颚

雄性扁锹形虫长着巨大的颚，看上去令人毛骨悚然。面对敌人和竞争对手，挥舞的大颚能起到自卫的作用。

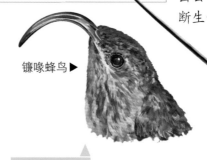

◀镰嘴蜂鸟

剑嘴蜂鸟▶

剑嘴和镰嘴

蜂鸟是一种以花蜜为食的鸟类。图中的两种蜂鸟，一种叫剑嘴蜂鸟，一种叫镰嘴蜂鸟。剑嘴蜂鸟主要取食笔直花朵里的花蜜，镰嘴蜂鸟主要取食弯曲花朵里的花蜜。

弯嘴鸻栖息在海滨地带，
通常长着向右弯曲的喙。这
样喙的形状使它们能够轻松
伸进石头下潮湿的泥土里，
有效拉出昆虫作为食物。

33

巨大的树冠

丛林中树木的树冠一般高出地面 25 ~ 40 米，这些大树茂密的枝叶能够遮挡部分阳光，为树冠层营造了一个温暖而湿润的环境。在树冠中生活着很多小动物，它们在这里觅食和活动。

在大树的顶端，视野非常开阔，所以这里成为很多猛禽寻觅猎物的理想地点。这些生活在树顶上的鸟，不仅能在地面上捕杀猎物，还能以极快的速度返回到树顶上。

美洲角雕就是生活在树顶上的大型猛禽之一。

美丽的羽毛

大部分极乐鸟生活在新几内亚岛的热带丛林中。雄性极乐鸟的身上长着亮丽多彩的羽毛，并在求偶的时候做出精彩的表演。

林间穿行活动

为了能够更安全地生活，红猩猩选择树栖。在高树上，红猩猩攀着藤枝荡来荡去，有时雌性抱着未成年的宝宝在林间穿行。

最大的蝙蝠

狐蝠是世界上最大的蝙蝠种类之一，白天，它们成群倒挂在树冠中的树枝上或树洞中；夜晚，它们成群出动觅食。

巨大的吼声

吼猴是美洲大陆最大的猴子之一，喜欢生活在树冠中，以植物叶子和果实为食。吼猴以族群为单位群居在一起，一个族群一般有十几个成员，遇到危险的时候，吼猴能发出巨大的吼叫声。

美洲角雕站在高高的树顶，搜寻可以捕食的目标。美洲角雕喜欢捕食生活在树冠中的猴子和树懒，有时也会捕食树丛中的蛇和啮齿动物。

筑巢用的材料

有创意的巢穴

这个巢是用骨头和铁丝搭建而成的。骨头和铁丝都很重，但结合在一起却异常坚固。这个巢是一只鹰的家，它的创意堪称动物巢穴中的一朵奇葩。

坚固的巢

鸬鹚夫妇用海草和泥土筑巢，湿泥巴和海草混合使用非常合理，它们变干后会变得很坚固。

动物筑巢用的材料一般都因地制宜，就地取材。鸟类筑巢使用的主要材料是树枝、草茎、草叶、棉麻以及羽毛等。有一些哺乳动物的巢穴只简单地铺些干草，复杂一点的则铺上柔软保温的绒毛或其他柔软材料。

雄性缎蓝园丁鸟是最擅长建造和装饰巢穴的鸟类之一，它先在林间空地上清理出一块 1 平方米左右的地方，然后飞到各处去衔取长 20～30 厘米的树枝，再把这些树枝一根根地插在已清出的地面两侧，筑成两道密密实实的篱笆，然后在篱笆中间铺上细枝和嫩草，形成一条"林荫甬道"，并在巢穴周围点缀许多鲜艳夺目的装饰品。

最简陋的地面巢

简单的地面巢仅由树枝或石子拼凑而成，略作讲究的铺以干草或羽毛。双胸斑沙鸟的巢就是地面巢，它们的羽毛和蛋的外表颜色和地面相似，进而能够骗过捕食者。

特殊材质的家

一位老鼠妈妈在库房中发现了一只废弃的棉鞋，棉鞋里有厚厚的绒毛，非常温暖，十分适合居住，于是它把自己的孩子产在里面。

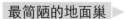

雄性缎蓝园丁鸟找到彩色的纸片、羽毛、瓶盖及花瓣等物品，精心地点缀在巢的周围。路过的雌性缎蓝园丁鸟很可能会因为这个漂亮的巢而留下来生活。

干燥的沙漠

沙漠是地球陆地上主要的地质形态之一，尽管环境严酷，但沙漠中的生命并不罕见，一些特别的动物在沙漠中顽强地生存着。

耳廓狐是世界上最小的狐狸之一，尽管它们的体长仅有30厘米左右，但却长着一对硕大的耳朵。耳廓狐是沙漠中主要的动物居民之一。它们喜欢居住在地下洞穴中。对于这些挖掘专家来说，建造一个地下洞穴是手到擒来的事情。它们的洞穴干净、舒适，是一个既安全又凉爽的藏身场所。

等待时机

角蝰蛇平时藏在沙子里，只露出鼻子、眼睛及像刺状的鳞片。当有猎物靠近的时候，它张开血盆大口，用长长的毒牙刺入猎物的身体。

跳跃绝技

体长只有十几厘米的跳鼠却长着一条比身体还要长的尾巴。跳鼠的前肢短小，后肢很长，非常适合跳跃，它们一跃就能跳超过2米远。

为宝宝带水的鸟

沙鸡在沙漠地区随处可见，它们经常成群结队地飞到远离栖息地的水源边饮水，并用胸脯上柔软的羽毛吸纳水分，然后带回给它们的孩子。

挖掘的能手

沙猫最出色的本领是挖掘洞穴。在繁殖期来临之前，沙猫要打造一个干净、舒适的洞穴，以保证自己的宝宝能健康地长大。

在洞穴中，小耳廓狐还很小，耳廓狐妈妈细心给它们哺乳，而耳廓狐爸爸则趁着夜色去捕捉猎物。耳廓狐妈妈带着宝宝出来透气的时候非常小心，时刻提防着鹰等猎食者的袭击。

黑暗的海底家园

现在我们来认识一些生活在黑暗的海底家园中的动物居民。这些动物有着一些共同的特点：眼睛大，身体上长着发光器或者感应器。

丝角鮟鱇鱼的身体短胖，下颌多须，它们的头上还长着一个会发光的器官，就像我们人类钓鱼时挂在鱼钩上的诱饵一样。一些鱼误认为这是一个发光的小虫子，当它们靠近捕捉的时候，丝角鮟鱇鱼就可以趁机将其捕获了。

全身发光的鱼

蝰鱼是深海居民中最特殊的成员之一。它们的身体细长且扁平，体侧、背部、胸部、腹部和尾部均有发光器，蝰鱼的嘴里有毒刺，可以给敌人造成致命的伤害。

灵敏的触觉

短吻三刺鲀的头上长着一对鳍，看上去像一对长耳朵。这对鳍的触觉非常灵敏，当有猎物靠近时，它会把信息传给短吻三刺鲀的大脑。

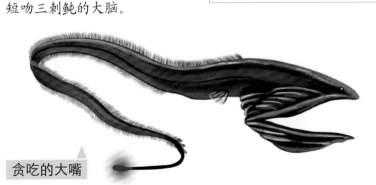

贪吃的大嘴

鹈鹕鳗最主要的特征就是它的大嘴约占身体的三分之一。无论捕到什么食物，它都会直接吞下去。鹈鹕鳗可以一口吃下和自己差不多大甚至比它大很多的鱼类。

像斧头的鱼

斧头鱼的嘴巴向上弯曲并长满锋利的牙齿，这对它捕食很有利。它的身体上长着一些发光器，有助于它看清周围的环境。斧头鱼的体型像一把斧子，很扁，这样就不容易被敌人发现了。

大部分时间里，丝角鮟鱇鱼躲藏在礁石或珊瑚礁的洞穴中，这样不仅能躲避捕食者，还非常利于捕捉猎物。

建设巢穴的秘密

动物们的巢穴不仅要适于居住，最主要的是要有利于躲避危险、遮挡风雨以及保证后代健康安全地成长。动物巢穴的形状和结构都是经过精心设计的，因此会十分坚固耐用。

收割鼠是一种生活在加拿大南部到南美洲北部一带的小鼠，它们的巢穴是在草丛、灌木或树上用植物修筑的球形巢。这种球形巢悬挂在草茎、灌木枝上，这样可以防止其他的哺乳动物轻易靠近。

悬挂式的筑巢

红颈马利布鸟会用较硬的草来建造悬挂式的巢穴。红颈马利布鸟的悬巢很大且十分精致。每一个鸟巢都有盖子，入口是一条狭窄的通道，这样蛇和其他天敌很难侵入。

落入陷阱

我们在沙质土壤中能发现蚁狮的行踪，它们藏身在一个个小小的漏斗状的浅坑中。一旦有蚂蚁经过浅坑，沙土的震动会让蚁狮知道是该出手的时候了，于是它用大颚弹抛沙土，使猎物陷入坑底，然后把它吃掉。

水中的房子

水蜘蛛会在浅湖或池塘的水面下建一个充满空气的钟状巢。钟状巢中的氧气足够水蜘蛛用上一段时间。它们在钟状巢中静静地等待，伺机捕捉小鱼。

木材中的隧道

大部分甲虫喜欢在木材中挖掘坑道，并将卵产在里面。卵孵化后，幼虫们会从这条主坑道向各个方向挖掘取食。这样的家能让甲虫幼虫有效避开鸟类的捕食并顺利成年。